Kleine Bibliothek

1

GW01191998

Epikur

Philosophie des Glücks

Epikur – geboren 342/341 v. Chr. auf der Insel Samos, gestorben 271/270 v. Chr. in Athen – ließ sich im Jahre 306 in Athen nieder und begann in seinem Haus, dessen Garten (*képos*) später der epikureischen Schule den Namen gab, Schüler in seine philosophischen Lehren einzuführen. Seine Schule stand jedem offen – selbst Frauen und Sklaven. Über Epikurs Lehre sind wir dank einer günstigen Überlieferungslage sehr gut informiert. Sein Ziel war es, seinen Schülerinnen und Schülern den Weg zur höchsten Lust zu zeigen und sie zugleich zu lehren, dem größten Übel, dem Schmerz, zu entgehen. Im Zentrum seiner Philosophie steht der einzelne, doch soll das höchste Glück nicht in Zurückgezogenheit, sondern im gemeinsamen Philosophieren gefunden werden. Besondere Wertschätzung, die bereits in der Organisation seiner Schule zum Ausdruck kommt, genießt die Freundschaft (*philía*). Wer sich in der epikureischen Lehre vervollkommnet, dem winkt als Lohn ein Leben in Schmerzlosigkeit und vollkommener seelischer Ausgeglichenheit.

Bernhard Zimmermann lehrt als Professor für Klassische Philologie an der Universität Freiburg im Breisgau; er hat die vorliegende Auswahl der Weisheitslehren Epikurs zusammengestellt und neu übersetzt. Von demselben Autor ist in der gleichen Reihe lieferbar: Epiktet. Das Buch vom geglückten Leben (³2006)

Epikur

Philosophie des Glücks

Übersetzt, ausgewählt und mit einem
Nachwort versehen
von
Bernhard Zimmermann

dtv
C.H.Beck

Dezember 2006

Deutscher Taschenbuch Verlag GmbH & Co. KG,
München
© 2006 Verlag C.H. Beck oHG dtv, München
Druck und Bindung: Druckerei C.H. Beck, Nördlingen
Umschlagentwurf: David Pearson, London
Printed in Germany
ISBN-10: 3 423 34377 X
ISBN-13: 978 3 423 34377 0

www.dtv.de

Inhalt

Epikur
Philosophie des Glücks

Philosophie als Lebenshilfe

Weder soll man in der Jugend zögern zu philosophieren noch im Alter zu philosophieren müde
werden. Denn nie ist es zu früh oder zu spät, etwas für die Gesundheit der Seele zu tun. Wer
sagt, es sei die Zeit zu philosophieren noch nicht
gekommen oder sie sei schon vorbei, der gleicht
einem, der sagt, zum Glück sei der rechte Zeit-
punkt noch nicht oder nicht mehr da. Deshalb
muß sowohl ein junger wie ein alter Mensch philosophieren – der eine, damit er im Alter durch
das Gute, das er besitzt, in der Freude über das,
was gewesen ist, jung bleibt, der andere, damit er
wegen seiner Furchtlosigkeit vor dem, was kommen kann, zugleich jung und alt ist. Man muß
sich folglich um das kümmern, was Glück bringt,

da wir, wenn es da ist, alles haben, wenn es dagegen weg ist, wir alles tun, um es zu haben.

(BM 122)

Wenn uns nicht Vermutungen über Himmelserscheinungen und über den Tod, als ob er irgendeine Bedeutung für uns hätte, und die Tatsache, daß wir die Grenzen von Schmerz und Begierden nicht erkennen, belasten würden, würden wir die Naturwissenschaft nicht nötig haben.

(KD 11)

Es wäre nicht möglich, die Ängste hinsichtlich der wichtigsten Dinge zu beseitigen, wenn man nicht genau wüßte, was die Natur des Alls ist, sondern die Mythen für bare Münze nähme und, ihnen glaubend, Mutmaßungen anstellte. Deshalb wäre es unmöglich, ohne Naturphilosophie die Lust ungeschmälert zu genießen. *(KD 12)*

Es würde überhaupt nichts nützen, im zwischenmenschlichen Bereich Sicherheit herzustellen,

solange man Mutmaßungen über die Himmelserscheinungen und über das Unterirdische und
überhaupt über das Weltall anstellt.   *(KD 13)*

Bei anderen Beschäftigungen wird die Ernte erst
am Ende nach mühsamer Arbeit eingefahren;
bei der Philosophie jedoch ist die Freude von
Anfang an mit jedem Erkenntnisgewinn verbunden. Denn nicht nach dem Lernen kommt
der Genuß, sondern Lernen und Genuß sind ein
und dasselbe.   *(GV 27)*

Mit der Offenheit des Naturwissenschaftlers
möchte ich lieber das, was allen Menschen nützt,
verkünden, auch wenn kein einziger mich verstehen sollte, als den gängigen Meinungen zustim-
men und reichlich Lob von der Masse ernten.
(GV 29)

Gleichzeitig soll man lachen und philosophieren
und seine privaten Angelegenheiten verwalten
und den übrigen persönlichen Dingen nachge-

hen und niemals darin müde werden, die von der richtigen Philosophie herkommenden Äußerungen zu tun. *(GV 41)*

Nicht Aufschneider oder Wortkünstler und auch nicht Schausteller der bei der Masse heftig begehrten Bildung bringt die Naturwissenschaft hervor, sondern selbstbewußte und unabhängige Menschen, die auf ihre eigenen inneren Werte und nicht auf Äußerlichkeiten stolz sind. *(GV 45)*

Man darf nicht so tun, als ob man philosophiere, sondern muß es auch tatsächlich tun; denn wir brauchen nicht den Anschein von Gesundheit, sondern wollen wirklich gesund sein. *(GV 54)*

Philosophie ist die Tätigkeit, die durch Argumentation und Diskussion das glückselige Leben schafft. *(219 Usener)*

Leer und nichtig ist die Rede des Philosophen, von der keine einzige Leidenschaft des Menschen geheilt wird. Denn wie auch die Medizin keinen Nutzen hat, wenn sie nicht die Krankheiten aus dem Körper verbannt, so hat auch die Philosophie keinerlei Nutzen, wenn sie nicht die Leidenschaft aus der Seele vertreibt. *(221 Usener)*

Durch die Liebe zur wahren Philosophie wird jede beunruhigende und belastende Begierde aufgelöst. *(457 Usener)*

Deshalb stellen die Philosophen die Forderung auf, sich auch über Folgendes Gedanken zu machen: nicht wie man sich etwas Notwendiges beschaffen, sondern wie man, wenn man es sich nicht beschaffen kann, trotzdem imstande ist, seine Lebensfreude zu steigern. *(481 Usener)*

Du mußt der Philosophie dienen, damit dir die wahre Freiheit zuteil wird. *(199 Usener)*

Die Vernunft ist wertvoller als die Philosophie.

(BM 132)

Der epikureische Philosoph

Die Verehrung des Weisen ist ein größeres Gut für die, die ihn verehren (als für den Weisen selbst).   *(GV 32)*

Der Philosoph versteht es in Notlagen in höherem Maße, den anderen Menschen etwas zu geben und auch selbst von ihnen etwas zu empfangen. Solch einen Schatz an Unabhängigkeit hat er gefunden.   *(GV 44)*

Der Philosoph – so Epikur – werde nur soweit für seinen guten Ruf Vorsorge treffen, daß er nicht verachtet wird.   *(573 Usener)*

Der Philosoph werde um sein Begräbnis keine Sorgen haben.   *(578 Usener)*

Sogar unter Umständen für einen Freund zu sterben, (werde nach Meinung Epikurs der Weise).

(590 Usener)

Der Philosoph werde an wissenschaftlichen Be-
trachtungen sich mehr erfreuen als die anderen
Menschen. (595 Usener)

Und der Philosoph werde seine Sklaven nicht
züchtigen, sondern mit ihnen Mitleid haben und
einem Tüchtigen unter ihnen verzeihen.

(594 Usener)

Epikur sagt, daß der Philosoph durchaus Leid
empfinden könne. (597 Usener)

Epikur sagt, daß der Philosoph, wenn er krank
sei, sogar angesichts von extremen körperlichen
Leiden lache. (600 Usener)

Lobpreis des Schulgründers Epikur

Als vor den Blicken der Menschen das Leben
schmachvoll auf Erden
Niedergebeugt von der Last schwerwuchtender
Religion war,
Die ihr Haupt aus des Himmels erhabenen Hö-
hen hervorstreckt
Und mit gräulicher Fratze die Menschheit furcht-
bar bedräuet,
Da erkühnte zuerst ein Grieche, das sterbliche
Auge
Gegen das Scheusal zu heben und kühn sich ent-
gegen zu stemmen.
Nicht das Göttergefabel, nicht Blitz und Donner
des Himmels
Schreckt' ihn mit ihrem Drohn. Nein, um so
stärker nur hob sich
Höher und höher sein Mut. So wagt' er zuerst
die verschloßnen

Pforten der Mutter Natur im gewaltigen Sturm
zu erbrechen.
Also geschah's. Sein mutiger Geist blieb Sieger,
und kühnlich
Setzt' er den Fuß weit über des Weltalls flam-
mende Mauern,
Und er durchdrang das unendliche All mit for-
schendem Geiste.
Dorther bracht' er zurück als Siegesbeute die
Wahrheit:
Was kann werden, was nicht? Und wie ist jedem
umzirket
Seine wirkende Kraft und der grundtief ruhende
Markstein?
So liegt wie zur Vergeltung die Religion uns zu
Füßen
Völlig besiegt, doch uns hebt der Triumph in
den Himmel.

(Lukrez 1, 62-79)

Der du zuerst aus der Finsternis Nacht so leuch-
tend die Fackel
Hoch zu erheben vermocht und die Güter des
Lebens zu zeigen,
Dir, o Zier des hellenischen Volks, dir folg' ich
und setze
Fest den Fuß in die Spuren, die du in den Boden
gedrückt hast.

(...)

Denn sobald dein System, das Erzeugnis gött-
lichen Geistes,
Über das Wesen der Dinge die laute Verkün-
digung anhebt,
Scheucht es die Angst von der Seele. Da weichen
die Mauern des Weltalls,
Und ich erblick' im unendlichen Raum das Ge-
triebe der Dinge.
Da enthüllt sich der Gottheit Macht und die
friedlichen Sitze,
Die kein Sturmwind peitscht, kein Regenge-
wölbe benetzet,
Die kein Schneesturm schädigt, wo nie bei

starrendem Froste

Weißlich die Flocken sich senken; wo immerdar
heiter der Äther

Lacht, und überallhin sich Ströme des Lichtes
ergießen.

Allen Bedarf reicht ferner von selbst die Natur,
und es stört nie

Irgendein Wesen die Gottheit im seligen Frieden
des Geistes.

Nirgend erscheinen hingegen des finsteren
Acherons Räume,

Nirgend auch hindert die Erde zu schauen, was
alles umherschwirrt

Unterhalb unserer Füße im Raum des unendlichen Leeren.

Hier ergreift es mein Herz mit wahrhaft gött-
licher Wollust

Und mit Schauer zugleich, daß so die Natur sich
erschlossen

Deiner Gedankengewalt und jetzt allseitig enthüllt ist.

(Lukrez 3, 1-50)

Was ist Wahrheit?

Wenn du irgendeine Wahrnehmung einfach verwirfst und keine Unterscheidung triffst zwischen
der Vermutung, die noch auf ihre Bestätigung
wartet, und dem, was durch Wahrnehmung und
durch Empfindungen und geistige Umsetzung
in eine Vorstellung bereits gegenwärtig ist, dann
wirst du auch die übrigen Wahrnehmungen mit
leerer Meinung vermengen, so daß du am Ende den Bewertungsmaßstab insgesamt verwirfst.
Wenn du sogar das, was insgesamt in deinen
durch Vermutungen gebildeten Begriffen noch
keine Evidenz und Bestätigung gefunden hat,
als sicher annimmst, wirst du zweifelsohne einer
Täuschung ausgesetzt sein mit der Folge, daß
du jeden Zweifel bei jeder Entscheidung, ob

etwas richtig oder nicht richtig ist, gelten lassen mußt. *(KD 24)*

Zuerst, mein lieber Herodot, müssen wir begreifen, was den Worten zugrunde liegt, damit wir die Vermutungen, Fragen oder ungeklärte Probleme darauf beziehen und dann richtige Entscheidungen treffen können und nicht unendliche Beweisketten aufbauen, ohne zu einer Entscheidung zu kommen, oder nur mit leeren Worthülsen argumentieren. Denn bei jedem Wort muß die ursprüngliche Bedeutung in den Blick genommen werden, und ein zusätzlicher Beweis darf nicht verlangt werden, wenn wir wirklich einen Punkt haben wollen, auf den wir die Frage, das ungelöste Problem oder die Vermutung beziehen können. Dann müssen wir alles im Licht unserer Sinneswahrnehmungen betrachten, und zwar einfach anhand der Zugriffsmöglichkeiten – sei es unserer Vernunft, sei es irgendeines anderen Kriteriums – und ebenso auch anhand der gerade vorhandenen Emotionen und Affekte, damit wir eine Bestimmungsmöglichkeit für das haben, was noch Bestätigung erwartet und was sinnlich nicht wahrnehmbar ist. *(BH 37f.)*

Sei dir zuerst dessen bewußt, daß das Wissen über die Himmelserscheinungen, ob sie nun in Verbindung mit anderen Fragen oder für sich allein behandelt werden, kein anderes Ziel hat, als seelische Unerschütterlichkeit und eine feste Überzeugung zu vermitteln, was ja auch das Ziel von allem anderen ist. Man darf weder das Unmögliche erzwingen, noch darf man an alles mit derselben Methode herangehen – in der Behandlung der verschiedenen Lebensformen oder der Klärung der anderen naturwissenschaftlichen Probleme, wie z. B. daß das All ein Körper und eine unberührbare Substanz ist oder daß die Grundelemente unteilbar sind und andere derartige Fragen, die im Einklang mit den Phänomenen nur eine einzige Erklärung zulassen. Das trifft allerdings nicht auf die Himmelskörper zu; vielmehr hat ihre Entstehung mehrere

Ursachen, und ihr Wesen läßt mehrere Einordnungen zu, die mit den Sinneswahrnehmungen überstimmen. Denn naturwissenschaftliche Untersuchungen darf man nicht auf der Basis unbegründeter Voraussetzungen und Annahmen betreiben, sondern nur so, wie die Phänomene, die uns umgeben, es verlangen. Denn unser Leben braucht keine Unvernunft oder leere Meinungen, sondern es ist einzig und allein nötig, daß wir ohne Beunruhigung unser Leben verbringen.

Bei den Dingen, die sich auf mehrfache Art und Weise in Übereinstimmung mit den Phänomenen erklären lassen, läuft alles ohne Erschütterung ab, wenn man das, was über sie plausibel entwickelt worden ist, bestehen läßt. Wenn aber jemand das eine Argument stehen läßt, das andere aber verwirft, obwohl es genauso mit den Phänomenen übereinstimmt, dann verläßt er ganz offensichtlich jede naturwissenschaftliche Arbeitsmethode und verfällt dem Mythos. Hinweise auf das, was bei den Himmelskörpern geschieht, finden sich bei Phänomenen unserer Umwelt. Hier können wir beobachten, wie es ist, nicht aber bei den Himmelserscheinungen. Denn diese können auf mehrfache Art und Weise entstehen. Man muß jedoch die Erscheinungsform jedes einzelnen genau beobachten und bei den damit zusammenhängenden Dingen genau analysieren, was, ohne im Widerspruch zu den bei uns ablaufenden Vorgängen zu stehen, mehrfache Ursachen hat. *(BP 85-88)*

Besser ist es, mit Verstand Pech als ohne Verstand Glück zu haben. *(BM 135)*

Die Lust und das glückselige Leben

Alles Gut und alles Übel liegt in der Empfindung
und Wahrnehmung. *(BM 124)*

Wir müssen berücksichtigen, daß die Begierden
teils natürlich sind, teils sinnlos. Von den natürlichen Begierden sind die einen notwendig, die
anderen nur natürlich. Von den notwendigen
wiederum sind die einen notwendig für das
Glück, die anderen für die störungsfreie Funk-
tion des Körpers, wieder andere für das Leben
an sich. Denn eine unbeirrte Betrachtung dieser
Dinge läßt keinen anderen Schluß zu, als daß jedes Wählen und Meiden auf körperliche Gesundheit und seelische Ausgeglichenheit ausgerichtet
ist, weil dies das Ziel des glücklichen Lebens ist.

Deswegen tun wir alles, damit wir weder Schmerz empfinden noch seelisch beunruhigt sind. Wenn uns dies einmal zuteil wird, legt sich der ganze seelische Sturm, da das Lebewesen sich dann nicht mehr auf den Weg machen kann, als ob es noch etwas bräuchte, und auch nichts anderes mehr suchen kann, wodurch sich der körperlich und seelisch gute Zustand vervollständigen ließe. Denn nur dann haben wir ein Verlangen nach Lust, wenn wir wegen der Abwesenheit von Lust Schmerz empfinden. Wenn wir aber keinen Schmerz empfinden, brauchen wir auch die Lust nicht mehr. Und deswegen sagen wir, die Lust sei Anfang und Ende des glücklichen Lebens. Denn die Lust ist nach unserer Erkenntnis das erste und uns von Geburt an mitgegebene Gut, und von ihr gehen wir bei jedem Wählen und Vermeiden aus, und auf sie gehen wir auch jedesmal zurück, wenn wir jedes Gut mit unserem Gefühl als Maß–stab beurteilen. Und weil die Lust das erste, uns angeborene Gut ist, deswegen wählen wir auch nicht jede Lust, sondern lassen bisweilen viele

Lustempfindungen aus, wenn für uns aus ihrem Genuß mehr Unannehmlichkeiten folgen. Auch viele Schmerzen halten wir für besser als Lustempfindungen, wenn uns dadurch, daß wir lange Zeit Schmerzen ausgehalten haben, danach größere Lust zuteil wird. Jede Lust ist also aufgrund der Tatsache, daß sie eine uns verwandte Natur hat, ein Gut; jedoch nicht jede Lust sollte gewählt werden. Wie auch jeder Schmerz ein Übel ist, aber trotzdem darf nicht immer jeder, nur weil er ein Schmerz ist, gemieden werden. Man kann jedoch all das durch das Berechnen und Abwägen des Zu- und Abträglichen richtig entscheiden. Denn zu gewissen Zeiten behandeln wir das Gute wie ein Übel und umgekehrt das Übel wie ein Gut.

Auch die Unabhängigkeit von äußeren Dingen halten wir für ein großes Gut – und zwar nicht, damit wir uns mit ganz wenigem begnügen, sondern damit wir, wenn wir das meiste nicht haben, mit dem wenigen zufrieden sind, weil wir vollkommen davon überzeugt sind, daß am lustvollsten diejenigen den Überfluß genießen, die ihn am wenigsten nötig haben, und daß alles Natürliche leicht, das Sinnlose dagegen schwer zu beschaffen ist und eine schlichte Brühe die gleiche Lust wie ein luxuriöses Mahl bereitet, wenn alles, was durch Mangel Schmerz bereitet, beseitigt ist. Brot und Wasser bereiten die höchste Lust, wenn man sie aus Hunger zu sich nimmt. Sich an einen einfachen und nicht aufwendigen Lebensstil zu gewöhnen fördert also die Gesundheit, macht den Menschen unverdrossen hinsichtlich der Grundbedürfnisse, stärkt uns, wenn wir uns ab und zu an luxuriösen Tafeln niederlassen, und nimmt uns die Furcht vor dem Schicksal.

Wenn wir also sagen, die Lust sei das Ziel, dann meinen wir damit nicht die Lust der Unersättlichen und die Lüste, die auf den bloßen Genuß beschränkt sind, wie das manche aus Ignoranz und Ablehnung oder aufgrund von Mißverständnissen meinen; vielmehr verstehen wir unter Lust, daß wir nicht unter körperlichen Schmerzen leiden und seelisch nicht in Unruhe sind.

Denn nicht Trinken und ein Fest nach dem anderen, nicht der Genuß von Knaben, Frauen oder Fischen und der anderen Dinge, die eine luxuriöse Tafel bietet, machen das Leben lustvoll, sondern ein nüchterner Verstand, der die Gründe für das Wählen und Meiden herausfindet und die bloßen Meinungen vertreibt, die am meisten die Seelen in Beunruhigung stürzen.

Der Ursprung von all dem und das größte Gut ist die Vernunft. Deswegen ist die Vernunft sogar wertvoller als die Philosophie. Denn von ihr stammen alle anderen Tugenden; sie lehrt uns, daß es unmöglich ist, lustvoll zu leben, ohne zugleich vernünftig, anständig und gerecht zu sein, und umgekehrt ein vernünftiges, anständiges und gerechtes Leben ohne Lust nicht möglich ist. Denn die Tugenden sind von Natur aus mit dem lustvollen Leben verbunden, und das lustvolle Leben kann von diesen nicht getrennt werden.

(BM 127-132)

Die Lust hat ihr Ziel erreicht und ist nicht mehr steigerungsfähig, wenn alles beseitigt ist, was Schmerz verursacht. Wo auch immer Lust empfunden wird, ist, solange sie empfunden wird, nichts Schmerzliches oder Betrübliches oder gar beides zusammen dabei. *(KD 3)*

Körperlicher Schmerz hält nicht ununterbrochen an, sondern der Schmerz sticht heftig nur einen kurzen Moment; körperliche Schmerzen, die die Lust übersteigen, halten nicht viele Tage an. Langandauernde Krankheiten haben mehr körperliche Lust als Schmerz. *(KD 4)*

Ein lustvolles Leben ohne Vernunft, Anstand und Gerechtigkeit ist nicht möglich und umgekehrt ein vernünftiges, anständiges und gerechtes Leben nicht ohne Lust. Wem das aber nicht möglich ist, der kann nicht lustvoll leben.

(KD 5)

Keine Lust ist an und für sich ein Übel; aber was eine bestimmte Lust bewirkt, bringt zugleich mannigfache Störungen der Lust mit sich.

(KD 8)

Wenn jede Lust örtlich und zeitlich verdichtet und im ganzen menschlichen Organismus oder den wichtigsten Teilen der menschlichen Natur vorhanden wäre, dann würden sich nie die Lustempfindungen voneinander unterscheiden.

(KD 9)

Wenn das, was bei den Unersättlichen Lust auslöst, die Ängste, die das Nachdenken über Himmelserscheinungen, den Tod und Schmerzen mit sich bringt, beseitigen und außerdem die Grenze der Begierden und Schmerzen aufzeigen würde, dann hätten wir keinen Grund, weshalb wir sie tadeln sollten, wenn sie von überall her sich Lust verschafften und weder Schmerz noch Kummer hätten, was ja das Schlechte ist.

(KD 10)

Körperliche Lust wird nicht größer, wenn einmal das, was aus Mangel Schmerz hervorruft, beseitigt ist, sondern sie nimmt nur buntere Erscheinungsformen an. Im Geistigen ist die Grenze hinsichtlich der Lust erreicht, wenn rational genau das – und was damit zusammenhängt – erklärt ist, was dem Denken die größten Ängste einflößte. *(KD 18)*

Die unbegrenzte Zeit hat denselben Lustgewinn wie die begrenzte, wenn man die Grenzen der Lust vernünftig abmißt. *(KD 19)*

Das Fleisch empfindet die Grenzen der Lust als unendlich, und unbegrenzte Zeit verschafft ihm diese Lust. Die Vernunft aber, die über das Ziel und die Grenze der Lust reflektiert und die Ängste hinsichtlich der Zukunft beseitigt, schafft das vollkommene Leben, und fortan braucht man keine unendliche Zeit mehr; aber die Vernunft meidet die Lust nicht, und sie wendet sich nicht ab, wenn widrige Umstände das Scheiden aus dem Leben notwendig machen, als ob ihr etwas vom besten Leben gefehlt hätte. *(KD 20)*

Wer die Grenzen des Lebens genau kennt, weiß, wie leicht das zu beschaffen ist, was den Schmerz, der aus Mangel entsteht, beseitigt und das ganze Leben vollkommen macht. Daher braucht er nichts von den Dingen, deren Besitz Mühe und Anstrengungen verursacht. *(KD 21)*

Wenn du nicht in jeder Situation jede deiner Handlungen auf das Ziel, das die Natur vorgibt, ausrichtest, sondern indem du Ablehnung oder Zustimmung auf etwas anderes beziehst, im voraus davon abweichst, werden deine Taten nicht deinen Worten entsprechen. *(KD 25)*

Von den Begierden sind all die, die in dem Fall, daß sie nicht befriedigt werden, nicht zu Schmerz führen, nicht notwendig, sondern sie tragen ein Begehren in sich, das leicht gelindert werden kann, wenn sich herausstellt, daß sie auf schwer zu Beschaffendes oder Schädliches ausgerichtet sind. *(KD 26)*

Die Begierden sind teils natürlich und notwendig, teils natürlich und nicht notwendig, teils weder natürlich noch notwendig, sondern durch eine leere Meinung verursacht. *(KD 29)*

Von den natürlichen Begierden entstehen diejenigen aus einer leeren Meinung, die, falls sie nicht erfüllt werden, nicht zu einem schmerzlichen Zustand führen, und bei denen die angespannte Leidenschaft, sie zu befriedigen, bestehen bleibt; und die Tatsache, daß sie sich nicht auflösen lassen, liegt nicht in ihrer eigenen Natur, sondern im Hang des Menschen zu leeren Meinungen begründet. *(KD 30)*

Nicht ein junger Mensch ist glücklich zu preisen, sondern ein alter, wenn er sein Leben rechtschaffen verbracht hat. Denn in der Jugend wird der Mensch in der Blüte seiner Jahre vom Zufall hin- und hergetrieben und wechselt ständig seine Vorstellungen. Der alte Mensch dagegen hat in seinem Alter wie in einem Hafen Anker geworfen, und mit sicherer Dankbarkeit hält er all die Güter in seinem Herzen verschlossen, auf die er früher nicht zu hoffen gewagt hatte.

(GV 17)

Nicht Gewalt antun darf man der Natur, sondern man muß sie überreden; wir werden sie überreden, indem wir die notwendigen Bedürfnisse befriedigen und ebenso die natürlichen, sofern sie nicht schaden, die schädlichen aber scharf in ihrer Schädlichkeit bloßstellen. *(GV 21)*

Armut ist, wenn sie am Endziel der Natur gemessen wird, großer Reichtum; Reichtum, der keine Grenzen hat, ist große Armut.

(GV 25)

Die Stimme des Fleisches ist, nicht zu hungern, nicht zu dürsten, nicht zu frieren; wer dies besitzt und hoffen kann, es auch in Zukunft zu besitzen, der könnte sogar mit Zeus in der Glückseligkeit konkurrieren. *(GV 33)*

Man darf das Vorhandene aus Gier nach dem, was nicht vorhanden ist, nicht schlecht machen, sondern sollte sich stets vor Augen halten, daß auch das, was wir jetzt haben, einst zu den erstrebenswerten Dingen gehörte. *(GV 35)*

Ich erfahre von dir, daß deine fleischliche Erregung immer häufiger nach der Befriedigung sexueller Begierden drängt. Verfahre folgendermaßen: wenn du weder die Gesetze brichst noch das, was allgemein als anständig gilt, mißachtest, noch irgendeinen deiner Nächsten kränkst noch deinen Körper damit ruinierst noch das Lebensnotwendige verpraßt, dann verfahre mit deiner Neigung, wie du willst. Es ist allerdings gar nicht zu vermeiden, daß du mit einer dieser Bedingungen in Konflikt gerätst. Denn Liebesgenuß hat noch nie irgendeinen Nutzen gebracht, sondern man muß schon zufrieden sein, wenn er nicht geschadet hat. *(GV 51)*

Unersättlich ist nicht der Magen, wie die Masse sagt, sondern die falsche Meinung über die Möglichkeit, den Magen unbegrenzt anzufüllen.

(GV 59)

Auch in Schlichtheit kann Eleganz liegen; wer dies nicht berücksichtigt, dem widerfährt, was dem zu vergleichen ist, der wegen seiner Maßlosigkeit aus dem Rahmen fällt. *(GV 63)*

Nichts genügt dem, dem das wenige nicht genügt. *(GV 68)*

Die Undankbarkeit der Seele erweckte in dem Lebewesen die Lust auf immer neue Abwechslungen im Leben. *(GV 69)*

An alle Begierden muß man mit folgender Frage herangehen: «Was wird mir passieren, wenn ich das Ziel meiner Begierde erreicht habe? Und was, wenn ich sie nicht befriedige?» *(GV 71)*

Sogar die Tatsache, daß gewisse Schmerzen im Körper entstehen, nützt, um sich vor ähnlichen Schmerzen zu schützen. *(GV 73)*

Wer die innere Ruhe besitzt, fällt weder sich noch einem anderen zur Last. *(GV 79)*

Für einen jungen Menschen besteht die Möglichkeit, ein gutes Leben zu führen, darin, daß er sich seine Jugend bewahrt und sich vor denen in Acht nimmt, die alles mit aufpeitschenden Begierden beschmutzen. *(GV 80)*

Weder größter zur Verfügung stehender Reichtum noch Ansehen und Bewunderung bei der Masse noch etwas anderes, das aus unbegrenzten Ursachen entsteht, kann die Unruhe der Seele beseitigen und nennenswerte Freude verschaffen. *(GV 81)*

Ich für meine Person weiß wirklich nicht, was ich mir unter dem Guten vorstellen soll, wenn ich die Freuden des Geschmacks, die der Liebe und des Gehörs wegnehme und die lustvollen Bewegungen, die durch den Anblick einer Gestalt erzeugt werden, und all die anderen Freuden, die im gesamten Menschen durch irgendeinen Sinn entstehen. Man kann auch nicht sagen, daß nur geistige Freuden zu den Gütern zählen. Denn den freudigen Geist kenne ich so: durch die Erwartung all der Dinge, die ich oben erwähnt habe, daß die eigene Natur durch ihren Besitz von Schmerz frei sein werde.

(67 Usener)

Das Glück kann man sich zweifach vorstellen: das eine ist das höchste, das bei Gott ist und keine Steigerung zuläßt; und es gibt ein zweites, das einen Zuwachs und eine Minderung von Lüsten haben kann.   *(407 Usener)*

Ursprung und Wurzel alles Guten ist die Lust des Bauches, auch das Weise und Überfliegende bezieht sich nur auf diese. *(409 Usener)*

Dann haben wir Verlangen nach Lust, wenn wir aufgrund der Tatsache, daß sie nicht da ist, Schmerz empfinden. Wenn wir im Bereich der Sinneswahrnehmungen dies nicht erleiden, dann besteht auch kein Verlangen nach Lust. Denn nicht der Mangel, der der Natur innewohnt, bewirkt von außen her dieses Beeinträchtigungsgefühl, sondern die Begierde, die aus falschen Meinungen erwächst. *(422 Usener)*

Bei nichts anderem empfindet die Seele von Natur aus mehr Freude und Ruhe als dann, wenn körperliche Lust da ist oder wenn sie zu erwarten ist. *(423 Usener)*

Wir wollen nicht unserem Körper den Vorwurf machen, als ob er die Ursache von großen Übeln sei, und nicht unser Unglück auf die Umstände, in denen wir leben, schieben; vielmehr wollen wir die Ursachen dafür lieber in der Seele suchen, jedes nichtige Streben und jede leere Hoffnung auf Vergängliches aufgeben und ganz uns selbst gehören. *(445 Usener)*

Der aus Mangel entstehende Schmerz ist im Vergleich zu dem, der aus Übersättigung zustande kommt, viel sanfter, wenn man sich nicht selbst durch leere Meinungen betrügt. *(426 Usener)*

Eine bunte Vielfalt von Speisen trägt überhaupt nicht dazu bei, die seelische Unruhe zu beseitigen; vielmehr wird sie die körperliche Lust vermehren. Denn auch bei dieser fällt ihre Grenze mit der Beseitigung von Schmerz zusammen.

(463 Usener)

Dank sei der glückseligen Natur dafür gesagt, daß sie das Lebensnotwendige leicht zu beschaffen und das, was schwer zu beschaffen ist, nicht lebensnotwendig gemacht hat. *(469 Usener)*

Der größte Reichtum von allem ist die Unabhängigkeit von allem Äußeren.   *(475 Usener)*

Entweder ist man aus Angst oder wegen einer unbegrenzten, leeren Begierde unglücklich; wenn man diese beiden Dinge zügelt, kann man sich einen vernunftgemäßen Weg zum Glück verschaffen.   *(485 Usener)*

Der Kampf gegen die Angst

Besiege die Angst vor den Göttern

Zunächst einmal glaube, daß Gott ein unver-
gängliches und glückseliges Wesen ist, wie dies
ja auch die allgemeine menschliche Auffassung
so annahm; deshalb hänge Gott nichts an, was
nicht zu seiner Unvergänglichkeit und zu seiner
Glückseligkeit paßt. Sei jedoch der Meinung,
daß alles zu ihm paßt, was die mit seiner Unvergänglichkeit verbundene Glückseligkeit zu be-
wahren vermag. Götter gibt es. Daß es sie gibt,
ist offensichtlich und einleuchtend. Sie sind allerdings nicht so, wie die Menge meint. Denn
die schwankt ständig in ihrer Meinung über das
Wesen Gottes. Ein Frevler ist nicht der, der die

Götter der großen Masse beseitigt, sondern der, der die falschen Meinungen der Masse über die Götter teilt. Denn die Meinungen der Menge über die Götter sind keine natürlich gebildeten Annahmen, sondern bloße Vorurteile.

(BM 123f.)

Ferner darf man bei Himmelserscheinungen keineswegs annehmen, daß Bewegung, Richtungsänderung, Verfinsterung, Auf- und Untergang und alles, was damit zusammenhängt, durch die Leitung irgendeines Wesens ablaufen, das sie einrichtet oder eingerichtet hat und dazu noch die vollkommene Glückseligkeit samt Unsterblichkeit besitzt. Denn Beschäftigungen, Sorgen, Zornausbrüche und Gunsterweise passen nicht zur Glückseligkeit, sondern sind Ausdruck von Schwäche, Angst und Abhängigkeit von der Umgebung. Man soll auch nicht annehmen, daß die Himmelserscheinungen, die ja aus Feuer bestehen, die Glückseligkeit besitzen und nach eigenem Willen diese Bewegungen ausführen. Vielmehr müssen wir ihre Erhabenheit in allen Bezeichnungen respektieren, die wir für derartige Gedanken vorbringen, damit man daraus zu keinen dieser Erhabenheit entgegengesetzten Meinungen kommt. Denn wenn das nicht geschieht, wird dieser Gegensatz die größte Beunruhigung in den Seelen hervorrufen. Deshalb muß man vermuten, daß während der ursprünglichen Absonderungen der Atomverbindungen bei der Entstehung des Kosmos sowohl die Gesetzmäßigkeit als auch die Umlaufbahn der Gestirne mit vollendet wurde.

(BH 76f.)

Da das Endziel von Epikurs Theologie darin bestand, Gott nicht zu fürchten, sondern den daraus entstehenden Beunruhigungen ein Ende zu bereiten, ist dies meiner Meinung nach (Plutarch) sicherer zu erreichen für all die, die überhaupt nicht an Gott glauben, als für die, die zu glauben gelernt haben, daß Gott nicht schade.

(384 Usener)

Das Göttliche bedarf keinerlei Ehrung, für uns ist aber natürlich, es zu ehren, insbesondere mit frommen Vorstellungen, ferner aber auch nach den ererbten Traditionen, und zwar jeder einzelne, wie er es vermag. *(386 Usener)*

Wenn Gott den Gebeten der Menschen nachkommen würde, dann wären schon längst alle Menschen zugrunde gegangen, da sie sich ständig viel Schlimmes gegenseitig an den Hals wünschen. *(388 Usener)*

Besiege die Angst vor dem Tod

Gewöhne dich in den Glauben ein, daß der Tod keine Bedeutung für uns hat. Denn jedes Gut und Übel ist Sache der Wahrnehmung. Der Tod ist jedoch der Verlust der Wahrnehmung. Daher macht die richtige Erkenntnis, daß der Tod keine Bedeutung für uns hat, die Vergänglichkeit des Lebens zu einem Genuß; denn sie stellt uns keine unbegrenzte Zeit vor Augen, sondern sie hebt die Sehnsucht nach Unsterblichkeit auf. Denn es gibt für den, der richtig begriffen hat, daß nichts Furchtbares darin liegt, nicht zu leben, im Leben nichts Furchtbares. Daher redet der dummes Zeug, der behauptet, den Tod zu fürchten – nicht weil er ihm Leid zufügen wird, wenn er eintritt, sondern weil er ihm als ständige Drohung Leid zufügt. Denn das, was uns nicht belästigt, wenn es da ist, fügt ohne Grund Leid zu, solange es erwartet wird. Das schauderlichste aller Übel, der Tod, hat also keine Bedeutung für uns. Denn solange wir leben, ist der Tod nicht da; wenn aber der Tod da ist, dann sind wir nicht mehr. Er hat also weder für Lebende noch für Tote eine Bedeutung, da er ja für die einen noch nicht da ist und die anderen nicht mehr da sind. Aber die große Masse flieht bisweilen vor dem Tod als dem größten der Übel, bisweilen wählt sie ihn freiwillig als Ruhe vor allem Übel des Lebens. Der Weise entzieht sich weder dem Leben, noch hat er Angst davor, nicht zu leben. Denn weder belastet ihn das Leben, noch ist er der irrigen Meinung, daß nicht zu leben ein Übel sei. Wie er überhaupt nicht die größte Portion einer Speise, sondern die wohlschmeckendste wählt, so nimmt er für sich nicht die längste, sondern die angenehmste Zeitspanne in Anspruch. Wer aber mit der Forderung auftritt, der junge Mensch müsse anständig leben, der alte dagegen mit Anstand sterben, ist nicht nur naiv wegen der angenehmen Seiten des Lebens, sondern auch deshalb, da man sich nach dieser Auffassung ständig um ein anständiges Leben und um einen anständigen Tod kümmern muß. Viel schlechter ist aber jener, der sagt, es sei schön, überhaupt nicht geboren zu werden, «wenn man aber geboren sei, dann möglichst schnell an das Tor des Hades zu gelangen» [Theognis 425, 427]. Wenn er das tatsächlich mit voller Überzeugung sagt, warum scheidet er dann nicht aus dem Leben? Denn diese Möglichkeit hat er ja, wenn er es wirklich vorhat. Wenn er dies aber nur im Scherz sagt, dann ist er ein

dummer Schwätzer bei Dingen, bei denen man
dies nicht sein sollte.   *(BM 124-127)*

Das Fleisch empfindet die Grenzen der Lust als
unendlich, und unbegrenzte Zeit verschafft ihm
diese Lust. Die Vernunft aber, die über das Ziel
und die Grenze der Lust reflektiert und die Ängste hinsichtlich der Zukunft beseitigt, schafft das
vollkommene Leben, und fortan braucht man
keine unendliche Zeit mehr; aber die Vernunft
meidet die Lust nicht, und sie wendet sich nicht
ab, wenn widrige Umstände das Scheiden aus
dem Leben notwendig machen, als ob ihr etwas
vom besten Leben gefehlt hätte.   *(KD 20)*

Wer die Grenzen des Lebens genau kennt,
weiß, wie leicht das zu beschaffen ist, was den
Schmerz, der aus Mangel entsteht, beseitigt und
das ganze Leben vollkommen macht. Daher
braucht er nichts von den Dingen, deren Besitz
Mühe und Anstrengungen verursacht.

(KD 21)

Gegen anderes kann man sich leicht Sicherheit verschaffen, aber wegen des Todes bewohnen wir Menschen insgesamt eine Stadt ohne Befestigungen. *(GV 31)*

Leid im Übermaß verbindet uns mit dem Tod.
(448 Usener)

Es ist lächerlich, aus Lebensüberdruß in den Tod zu laufen, wenn du durch die Art und Weise, wie du gelebt hast, es soweit gebracht hast, daß du in den Tod gehen mußt. *(494 Usener)*

So groß ist der Unverstand der Menschen, ja ihr Wahnsinn, daß manche aus Furcht vor dem Tod in den Tod gezwungen werden. *(497 Usener)*

Was ist so lächerlich wie den Tod zu ersehnen, wenn dir die Todesfurcht ein unruhiges Leben bereitet? *(498 Usener)*

Meiner Meinung nach sollte man im Leben jene Regel einhalten, die bei den Symposien der Griechen heißt: «Entweder trinke man oder gehe weg!» – sagt man, und zwar zu Recht. Denn entweder soll man zugleich mit anderen die Freude am Trinken genießen, oder man soll, damit man nicht nüchtern es dann mit den Ausschreitungen der Betrunkenen zu tun hat, vorher weggehen. Genauso soll man den Schicksalsschlägen, die man nicht ertragen kann, durch Flucht aus dem Weg gehen. *(499 Usener)*

Die Grenze für seelisches Leid ist ihre Vernichtung, ihr Untergang und ihre Auflösung ins Nichts.
(500 Usener)

Ein enger Freund von mir (Seneca), ein Anhänger der Lehren Epikurs, pflegte zu sagen: In erster Linie hoffe er, daß der letzte Atemzug schmerzfrei sei; wenn er trotzdem einen Schmerz empfände, liege ein beträchtlicher Trost in der Kürze des letzten Atemzuges. Denn kein Schmerz, der lang dauere, sei groß. Im übrigen werde es ihm auch helfen, daß er im Moment der Trennung von Seele und Körper, selbst wenn dies unter Schmerzen geschehe, nach jenem Schmerz keinen Schmerz mehr empfinden könne. Außerdem sei er davon überzeugt, daß die Seele eines alten Mannes ganz vorn auf den Lippen sitze und sich somit ohne große Gewalt vom Körper trenne. (…) Jene Marter – so pflegte er zu sagen – empfänden wir durch eigene Schuld, daß wir dann in Panik geraten, wenn wir glauben, der Tod sei in unserer Nähe. Wem ist er denn nicht nahe, überall und zu jedem Moment? Aber – so seine Worte – laßt uns dann überlegen, wenn irgendeine Todesgefahr zu nahen scheint, wieviel näher andere Gefahren sind, die wir nicht fürchten. Ein Feind drohte jemand mit dem Tod: doch ein verdorbener Magen war schneller! *(503 Usener)*

Besiege die Angst vor der Zukunft und dem Zufall

Man muß sich daran erinnern, daß die Zukunft
weder völlig in unserer Macht steht noch ganz
unserem Einfluß entzogen ist, damit wir uns
weder in dem Gedanken fest beißen, daß es so
kommen wird, noch die Hoffnung aufgeben,
daß es nicht ganz so kommen wird.   *(BM 124)*

Man soll – so lehrt uns die Natur – die Zufallsgaben für unerheblicher betrachten, und wenn
man Glück hat, soll man bedenken, daß man
auch unglücklich sein kann; wenn man dagegen
unglücklich ist, dann soll man das Glück nicht
zu hoch ansetzen; und man soll die Zufallsgaben
unerschütterlich annehmen und sie mit dem vergleichen, was man durch den Zufall als anschei-
nendes Übel erhalten hat. Schließlich soll man
sich bewußt machen, daß das, was die große
Masse für gut hält, ganz und gar vergänglich und

schlecht ist, die Weisheit aber in einer Weise etwas mit dem Zufall zu tun hat. *(489 Usener)*

Wer den morgigen Tag am wenigsten braucht, geht mit größter Freude in ihn hinein.

(490 Usener)

Ich bin dir, Zufall, zuvorgekommen und habe dein Eindringen ganz verhindert. Und weder dir noch irgendeiner anderen Ablenkung werden wir uns ausliefern. Aber wenn es nötig ist, daß wir gehen, dann werden wir mächtig auf das Leben und auf die, die sich töricht an es klammern, spucken. Wir werden aus dem Leben gehen, ein schönes Freudenlied auf den Lippen, da wir ein gutes Leben gehabt haben. *(GV 47)*

Man muß versuchen, den folgenden Tag besser als den vergangenen zu machen, solange wir unterwegs sind; wenn wir aber ans Ziel gelangen, dann wollen wir versuchen, gleichmäßige Freude zu empfinden. *(GV 48)*

Der Mensch in der Gesellschaft

*Das Verhältnis zum Staat und
zu seinen Gesetzen*

Naturgemäße Gerechtigkeit ist eine Überein-
kunft über das Nützliche in der Absicht, einander keinen Schaden zuzufügen und selbst keinen
Schaden zu erleiden. *(KD 31)*

Für alle Lebewesen, die nicht Verträge darüber
abzuschließen in der Lage sind, einander keinen
Schaden zuzufügen und selbst keinen Schaden
zu erleiden, gibt es keinen Unterschied zwischen
Recht und Unrecht. Dasselbe gilt auch für die
Völker, die nicht in der Lage oder willens sind,
Verträge darüber abzuschließen, einander keinen

Schaden zuzufügen und selbst keinen Schaden zu erleiden. *(KD 32)*

Es gab niemals eine Gerechtigkeit an sich, sondern sie ist ein Vertrag darüber, keinen Schaden zuzufügen und keinen Schaden zu erleiden, der im gegenseitigen Zusammenschluß von Menschen an beliebigen Orten zu beliebigen Zeitpunkten geschlossen wird. *(KD 33)*

Die Ungerechtigkeit ist kein Übel an sich, sondern sie wird es durch die aus der Vermutung entstehenden Furcht, daß man den Autoritäten, die befugt sind, gegen derartiges Tun vorzugehen, nicht unbemerkt bleiben wird. *(KD 34)*

Es ist unmöglich, daß der, der heimlich gegen einen Punkt des Vertrags verstößt, keinen Schaden zuzufügen und keinen Schaden zu erleiden, darauf vertrauen kann, daß er unentdeckt bleiben wird, auch wenn er im Augenblick tausende Male unentdeckt bleibt. Denn bis zu seinem

Tod ist unklar, ob er wirklich unentdeckt bleiben wird. *(KD 35)*

Menschen, die Unrecht tun und Gesetze über-
treten, würden, wie man sagt, unglücklich und
voller Furcht die ganze Zeit verbringen, weil sie,
auch wenn sie einige Zeit unentdeckt bleiben,
unmöglich die Gewißheit haben können, immer
unentdeckt zu bleiben; deshalb läßt die auf ihnen
lastende Angst vor der Zukunft keine Freude und
keine Zuversicht in der Gegenwart aufkommen.
(532 Usener)

Im allgemeinen ist das Gerechte für alle dasselbe;
denn es ist im Zusammenleben der Menschen
etwas Nützliches. Nach den spezifischen Beson-
derheiten eines Landes und aus vielen anderen
Gründen ergibt sich jedoch, daß nicht für alle
Menschen dasselbe gerecht ist. *(KD 36)*

Von dem, was anerkanntermaßen als gerecht gilt,
darf das den Rang des Gerechten einnehmen,

das belegen kann, daß es den Anforderungen und Bedürfnissen der sozialen Beziehungen der Menschen zuträglich ist, ob es nun für alle Menschen dasselbe ist oder nicht. Wenn aber jemand ein Gesetz erläßt und dieses nicht dem Nutzen der sozialen Beziehungen entspricht, dann besitzt dieses nicht mehr den naturgemäßen Rechtscharakter. Und wenn sich das, was nach den Gesetzen gerecht ist, ändert, aber noch eine gewisse Zeit lang zu dem ursprünglichen Verständnis paßt, so war es nichtsdestoweniger zu jener Zeit gerecht für alle, die sich nicht durch törichtes Geschwätz selbst verwirren, sondern nur die Fakten im Auge haben.   *(KD 37)*

Der Gerechte kann am wenigsten aus der Ruhe gebracht werden, der Ungerechte jedoch ist von größter Unruhe erfüllt.   *(KD 17)*

Tue nichts in deinem Leben, wofür du dich fürchten müßtest, daß dein Nachbar es entdecken würde.   *(GV 70)*

Die Tapferkeit entsteht nicht von Natur aus, sondern in vernünftiger Abwägung des Vorteilhaften.

(517 Usener)

Größter Gewinn der Gerechtigkeit ist die innere Ruhe. *(519 Usener)*

Die Gesetze sind wegen der Weisen erlassen – nicht, damit sie nicht Unrecht tun, sondern damit ihnen kein Unrecht geschieht. *(530 Usener)*

Alle, die die Fähigkeit hatten, in besonderem Maße Mut ihren Nachbarn gegenüber zu entwickeln, lebten dementsprechend auch auf angenehmste Art miteinander, da sie das sicherste Unterpfand in den Händen hatten. Und wenn sie die vollste Vertrautheit gewonnen hatten, jammerten sie nicht über den vorzeitigen Tod von jemand, als ob es aus Mitleid sei.

(KD 51)

Lebe im Verborgenen

Lebe im Verborgenen! *(551 Usener)*

Manche wollten schon angesehen und berühmt werden in der Meinung, daß sie sich so Sicherheit vor dem Menschen verschaffen könnten. Wenn daher das Leben solcher Menschen sicher war, haben sie ein natürliches Gut erhalten; wenn es aber nicht sicher war, dann besitzen sie nicht, wonach sie von Anfang an gemäß ihrer Natur strebten. *(KD 7)*

Man muß sich aus dem Einerlei der Alltagsgeschäfte und dem Gefängnis der Politik befreien.

(GV 58)

Die Politik soll man meiden als Beeinträchtigung und Ruin des Glücks.

(552 Usener)

Sagen muß man, wie man am besten das Ziel der
Natur beachtet und wie man freiwillig überhaupt
nicht eine politische Laufbahn einschlägt.

(554 Usener)

Sagen nicht die Epikureer, daß der Siegeskranz
der inneren Ruhe mit den hohen Ämtern unver-
gleichbar sei? *(556 Usener)*

Freundschaft

Von den Dingen, die die Weisheit für die Glückseligkeit des ganzen Lebens verschafft, ist der Gewinn der Freundschaft das bei weitem Wichtigste.

(KD 27)

Dieselbe Erkenntnis führt zu der Zuversicht, daß
nichts Schreckliches ewig oder langandauernd
ist, und läßt erkennen, daß die gerade in der Be-
grenzung liegende Sicherheit der Freundschaft
im höchsten Maße vollendet ist. *(KD 28)*

Jede Freundschaft muß ihrer selbst willen gewählt werden. Ihren Ursprung hat sie im Nutzen.

(GV 23)

Man soll weder die, die allzu schnell zu Freundschaft bereit sind, noch die allzu Zögerlichen als Freunde akzeptieren. Man muß jedoch der Freundschaft wegen auch etwas riskieren.

(GV 28)

Es ist nicht so sehr der Nutzen der Freunde, den wir brauchen, als vielmehr die Zuversicht, ihre Hilfe in Anspruch nehmen zu können.

(GV 34)

Weder derjenige, der in jeder Angelegenheit den Nutzen im Auge hat, noch derjenige, der den Nutzen niemals mit Freundschaft in Verbindung bringt, ist ein Freund. Denn der eine erhandelt sich mit seiner Gunsterweisung eine Gegenleistung, der andere aber wirft die gute Hoffnung für die Zukunft über Bord. *(GV 39)*

Die Freundschaft tanzt rund um die bewohnte Welt und verkündet uns allen, wir sollten zu ihrem Lobpreis aufwachen. *(GV 52)*

Mitgefühl mit unseren Freunden wollen wir haben, nicht indem wir klagen, sondern indem wir uns um sie kümmern. *(GV 66)*

Der edle Mensch befaßt sich hauptsächlich mit Philosophie und Freundschaft; diese ist ein vergängliches, jene aber ein unsterbliches Gut.

(GV 78)

Auch die Freundschaft entstehe nach Meinung Epikurs aus Bedürfnissen; man müsse jedoch den Boden bereiten, denn wir legen die Saat ja auch in der Erde aus. Sie komme dann in einer Gemeinschaft zustande, die von größten Lustempfindungen erfüllt sei. *(540 Usener)*

Freundschaft könne von Lust nicht getrennt werden, und man müsse sie deswegen pflegen, weil

man, wenn man ohne sie nicht sicher und furcht-
los leben könne, auch nicht angenehm leben
könne. *(541 Usener)*

Man muß zuerst beachten, mit wem man ißt und
trinkt, bevor man darauf schaut, was man ißt und
trinkt. Denn ohne einen Freund ist das Leben
ein bloßes Hinunterschlingen, wie es Löwe und
Wolf tun. *(542 Usener)*

Sogar unter Umständen für einen Freund zu sterben, (werde nach Meinung Epikurs der Weise).

(590 Usener)

Leben und Werk

I.

Epikurs Leben – 342/341 v. Chr. wurde er auf
der Insel Samos geboren, 271/270 starb er in
Athen – umspannt Jahre einschneidender gesell-
schaftlicher und politischer Veränderungen in
Griechenland. Seit 404 v. Chr., seit der Nieder-
lage Athens gegen die Spartaner und ihre Ver-
bündeten in dem beinahe dreißig Jahre wäh-
renden Peloponnesischen Krieg (431–404) und
dem Zerfall des attisch-delischen Seebundes, der
politisch-militärischen und finanziellen Basis der
athenischen Vorherrschaft in der zweiten Hälfte
des 5. Jahrhunderts v. Chr., kam die Welt der
griechischen Klein- und Stadtstaaten nicht mehr
zur Ruhe. In den 70er Jahren des 4. Jahrhunderts
stieß König Philipp II. von Makedonien in das
Machtvakuum. Das straff organisierte makedo-
nische Reich unterwarf in wenigen Jahrzehnten
ganz Griechenland. 338 v. Chr. unterlagen die im

Hellenenbund zusammengeschlossenen Griechen in der Schicksalsschlacht von Chaironeia in
Böotien den Makedonen; maßgeblichen Anteil
am Sieg hatte die von Philipps Sohn befehligte
Reiterei. Nach der unter dubiosen Umständen
erfolgten Ermordung Philipps im Jahr 336
schwang sich – gerade zwanzigjährig – Alexan-
der rücksichtslos zum Herrscher der Makedonen
auf und setzte mit beispielloser Grausamkeit
die Eroberung Griechenlands fort. 335 wurde
Theben dem Erdboden gleichgemacht, die Ein-
wohner niedergemetzelt. Dem makedonischen
Expansionsdrang und dem Ehrgeiz des jungen
Herrschers waren keine Grenzen gesetzt: Klein-
asien und der Vordere Orient wurden überrannt,
das morsche persische Großreich leistete keinen
nennenswerten Widerstand, griechische Solda-
ten stießen bis an die Grenzen der bekannten
Welt, bis nach Indien vor. Dem Gedanken der
Weltherrschaft setzte der unerwartete Tod Alex-
anders ein jähes Ende, der 323 in Babylon starb.
Die Folge waren jahrelang sich hinziehende mi-

litärische Auseinandersetzungen und politische Intrigenspiele unter seinen Generälen, die sogenannten Diadochenkämpfe (323–280 v. Chr.).

Die Wirren der Zeit, der häufige Wechsel der Regierenden und die mit dieser politischen Situation verbundene Gefährdung des Lebens und Besitzes der Bürger hinterließen unübersehbare Spuren in der Literatur und Philosophie. Wie in der politischen Gattung par excellence, der Komödie, die Stadt Athen, die Polis, und ihre Belange in den Hintergrund treten und nur noch den Rahmen des Bühnenspiels abgeben und anstelle politischer Angelegenheiten, also von Angelegenheiten, die die Polis in ihrer Gesamtheit betreffen, Liebesaffären in gutbürgerlichen Familien zum Sujet der Stücke werden, steht in der Philosophie des Hellenismus nicht mehr der Mensch als Polis-Bürger, als *zóon politikón*, als «Gemeinschaftswesen», im Mittelpunkt, sondern als Individuum, das sein ganz persönliches, privates Glück (*eudaimonía*) erstrebt.

II.

Angesichts der turbulenten politischen Ereignisse, die die griechische Staatenwelt völlig umkrempelten, ist es nicht erstaunlich, daß in derselben Zeit neben den bereits etablierten Philosophenschulen, der platonischen Akademie und dem aristotelischen Peripatos, zwei neue Schulen entstanden, die dezidiert das individuelle Glück vertraten: Um 300 v. Chr. gründete Zenon aus Kition die Stoa, so benannt nach dem Ort von Zenons Lehrtätigkeit, der «bunten Säulenhalle», der *stoá poikíle* in Athen. Wenige Jahre zuvor (306 v. Chr.) ließ sich Epikur nach philosophischen Lehr- und Wanderjahren und einer ersten Unterrichtstätigkeit in Mytilene auf der Insel Lesbos und im kleinasiatischen Lampsakos in Athen nieder und begann in seinem Haus, dessen Garten (*képos*) später der epikureischen Schule den Namen gab, Schüler in seine philosophischen Lehren einzuführen.

Durch die Gunst der Überlieferung sind von Epikurs ca. vierzig durch Titel bezeugten Schriften einige Werke vollständig und zahlreiche in Fragmenten überliefert. Der kaiserzeitliche Philosophiehistoriker Diogenes Laërtios (3. Jahrhundert n. Chr.) zitiert drei Lehrbriefe Epikurs: an Herodotos, der einen Abriß seiner Naturphilosophie enthält, an Pythokles, in dem die Himmelserscheinungen erörtert werden, und an Menoikeus, in dem Epikur die Grundlagen seiner Philosophie als Lebenskunst darlegt. Der Menoikeus-Brief, der keine philosophischen Vorkenntnisse verlangt, ist als Protreptikos, als Hinführung zur Philosophie konzipiert. Aus der Bibliothek der Pisonen-Villa in Herculaneum sind in der Asche des Vesuv zahlreiche Bruchstücke erhalten, vor allem von Epikurs Hauptwerk *Über die Natur.*

In den Lehrbetrieb des «Gartens» führen die vierzig Merksätze (*kýriai dóxai*) und die in einem Codex der Bibliotheca Vaticana erhaltene Spruchsammlung (*Gnomologicum Vaticanum*): Um den Zustand höchsten Glücks zu erlangen, war Epikurs Schülern auferlegt, ihres Meisters als eines großen Vorbildes immer zu gedenken, über seine Lehren ständig zu meditieren und sie in prägnanten Formulierungen auswendig zu lernen, um in persönlichen Krisensituationen und in der Auseinandersetzung mit anderen Schulen die Kernpunkte der epikureischen Philosophie parat zu haben.

Über das Lehrgebäude der epikureischen Philosophie und ihre Weiterentwicklung sind wir durch zahlreiche, umfangreiche Schriften aus späterer Zeit gut informiert: Der römische Dichter Lukrez (96–53 v. Chr.) gibt in seinem sechs Bücher umfassenden Lehrgedicht eine Darstellung des ganzen philosophischen Systems Epikurs, Cicero (106–43 v. Chr.) referiert mit kritischer Spitze in seinen philosophischen Schriften häufig epikureische Lehrmeinungen, besonders in *De finibus bonorum et malorum* (*Über das höchste Gut und das größte Übel*), seinem moralphilosophischen Grundlagenwerk, in dem er im 1. Buch Manlius Torquatus die epikureische Position vertre-

ten läßt. In der Pisonen-Villa in Herculaneum
wurden umfangreiche Bruchstücke zahlreicher
Werke des epikureischen Philosophen Philo-
dem (110–40/35 v.Chr.) gefunden, des Philo-
sophielehrers von Vergil und Horaz. Die weite
Verbreitung und anhaltende Beliebtheit der epikureischen Lehre bezeugt eine monumentale
Inschrift eines gewissen Diogenes (wohl 3.Jahr-
hundert n. Chr.) aus Oinoanda in Lykien (heute
Türkei), auf der die Lehre Epikurs wiedergege-
ben wurde.

Epikurs Schule stand als Freundeskreis jedem
offen, der an seiner Lehre teilhaben wollte, also
auch Frauen und Sklaven. Obwohl es in seinem
System um den einzelnen geht, soll das höchste
Glück nicht in Zurückgezogenheit, sondern in
gemeinsamem Philosophieren (*symphilosopheín*)
gesucht werden. Aus der Organisation der Schule erklärt sich die Betonung der Freundschaft
(*philía*) als eines hohen Gutes in der epikureischen Lehre. In einem gemeinsamen Gespräch
wird die seelische Not des Ratsuchenden in ei-

ner Selbstprüfung aufgedeckt, bevor unter Leitung des Meisters der Weg zur Heilung gewiesen wird. Auswärtige Anhänger konnten sich brieflich an Epikur wenden. Die besondere Stellung, die Epikur bereits zu seinen Lebzeiten im Kepos einnahm, führte nach seinem Tod zu einem ausgeprägten Kult des Schulgründers: am 20. jeden Monats wurde der Geburtstag Epikurs mit einem Kultmahl gefeiert, in seinem Testament bestimmte Epikur dieses Treffen seiner Schüler als Gedächtnisfeier für sich und seinen Schüler Metrodor. Seine Lehren galten als unantastbar. Sprichwörtlich wurde der ständige Verweis der Epikureer auf Aussagen ihres Meisters: «Er selbst sagte…».

III.

Das höchste Glück sieht Epikur in der Lust (*hedoné*), das größte Übel im Schmerz. Lust besteht jedoch nicht, wie es Epikur und dem von ihm vertretenen Hedonismus zum Vorwurf gemacht wurde, in einem maßlosen Prassen, in Völlerei und ungehemmtem Genuß; vielmehr definiert Epikur Lust als Schmerzlosigkeit (*aponía*) und als vollkommene seelische Ausgeglichenheit (*ataraxía*). Epikur nennt diesen Zustand, der nicht mehr gesteigert werden kann, statische Lust (*katastematiké hedoné*), während der Lustgewinn durch die bloße Befriedigung von Bedürfnissen wie Essen und Trinken *kinetisch*, «in Bewegung», bezeichnet wird. Lust kann auch rein geistig genossen werden: in der Erinnerung an frühere körperliche Genüsse, durch die man Phasen der Unlust überstehen oder gar von Schmerz oder selbst körperlichen Qualen ablenken kann.

Um Schmerzlosigkeit und seelische Ausgeglichenheit zu erreichen, gilt es, stets die Folgen eines Genusses genau abzuwägen und sich die Frage zu stellen, ob der momentane Lustgewinn künftig nicht doch das Glück störende Folgen haben könnte. Dieses ‹Lustkalkül› führt, wenn es konsequent praktiziert wird, zu einem asketischen Leben: Epikur folgt in diesem Punkt der Volksweisheit «Nichts im Übermaß!» (*medén ágan*) und dem alten Ideal der Ausgeglichenheit und des rechten Maßes (*sophrosýne*). Danach wird alles, was die von den Göttern oder von der Natur gesetzten Grenzen in irgendeiner Weise durchbricht, irgendwann einmal wieder auf das Normalmaß zurechtgestutzt. Zudem stört das ununterbrochene Streben nach neuen Genüssen das seelische Gleichgewicht eines Menschen und ist deshalb dem Glück abträglich. Die Güter, die zum Glück verhelfen, sind dagegen leicht zur Hand: die Natur stellt sie jedem zur Verfügung.

Bei dieser Vorstellung von Glück verblaßt das, was gemeinhin als Güter angesehen wird: Ansehen in der Gesellschaft, politische Ämter, Besitz und Reichtum, da all dies zu Unruhe und dadurch zur Störung der Ausgeglichenheit führen könnte. Allerdings kann die Regel «Lebe im Verborgenen!» durchaus bisweilen zu Gunsten einer politischen Tätigkeit gebrochen werden, wenn denn dieses Engagement der Abwendung eines drohenden Übels gilt oder eine künftige Lust verspricht, die die momentane Unruhe übertrifft. Das Leben mit Freunden und innerhalb der Normen eines Gemeinwesens läßt sich ebenfalls aus der hedonistischen Grundeinstellung Epikurs erklären: Beides verleiht Geborgenheit und Sicherheit und dient damit der inneren Ruhe.

Die größte Gefährdung des menschlichen Glücks ist die Angst vor dem Tod, vor den Göttern und vor nicht erklärbaren und deshalb unheimlichen Naturerscheinungen. Deshalb stellt Epikur ins Zentrum seiner Lehre die Beseitigung dieser unbegründeten Ängste mit Hilfe logischer und naturwissenschaftlicher Unterweisung. In der Nachfolge Demokrits (460–370 v. Chr.) deutet Epikur die Welt nach dem atomistischen Modell: Körper jeglicher Art sind Zusammenballungen unteilbarer Teilchen (*átoma*), die gedankenschnell in parallel verlaufenden Bewegungen durch den leeren Raum (*kenón*) aufgrund ihrer Schwere nach unten fallen. Zu Verbindungen von einzelnen Atomen kommt es durch spontane Abweichungen von dieser Flugbahn, die so minimal sind, daß sie sinnlich nicht wahrnehmbar sind. Diese Abweichungen untergraben einen strengen Determinismus und geben die Möglichkeit, spontane Atomkonfigurationen und vor allem den freien Willen des Menschen in dem philosophischen System unterzubringen.

Für die Todesfurcht der Menschen, die die Hauptursache für das meiste Fehlverhalten ist, besteht vor dem Hintergrund dieser naturwissenschaftlichen Welterklärung überhaupt kein Grund: Die Seele ist wie alles andere im Kosmos ein körperliches Gebilde, das zusammen mit uns bei der Geburt entsteht und sich im Tod wieder auflöst. Sie kann also keinen Schmerz bei oder nach dem Tod empfinden, geschweige denn, daß sie Qualen in der Unterwelt erleiden müßte oder in einem anderen Körper wieder geboren würde.

Ebenso unbegründet ist die Furcht vor den Göttern. Epikur bestreitet keineswegs ihre Existenz. Nach seiner Vorstellung leben sie in vollkommener Glückseligkeit und unsterblich in «Zwischenwelten» («Intermundien»), unberührt von den Gebeten und Opfern der Menschen und ohne sich in irgendeiner Weise um die Menschen zu kümmern, weder als strafende noch als gütige Wesen. In ihrer Vollkommenheit sind sie das Idealbild völliger Glückseligkeit, ein unerreichbares Vorbild, dem anzugleichen der Mensch sich immer bemühen sollte. Insofern ist durchaus angebracht, daß man zu ihnen betet und ihnen opfert – allerdings nicht nach dem traditionellen Religionsverständnis der Antike, nach dem Prinzip des «do ut des» («ich gebe dem Gotte etwas, damit ich von ihm etwas zurückbekomme»), sondern um sich immer wieder diesen absoluten Glückszustand der Götter vor Augen zu führen. Schließlich lassen sich alle die Menschen beunruhigenden Naturerscheinungen auf natürliche Ursachen zurückführen, wenn auch die Erklärungen nicht immer eindeutig sind, sondern hypothetischen Charakter haben und mehrere Deutungen zulassen können. Aber selbst wenn mehrere Erklärungen nebeneinander stehen, dient dies letztlich der Beruhigung der Menschen: Man erkennt, daß nicht undurchschaubare Mächte hinter einem Geschehen stehen. Diese Erkenntnis verhindert Greueltaten wie z.B. die Opferung Iphigenies in Aulis. Da nach der Aussage des Sehers Kalchas die Göttin Artemis den Griechen zürne und deshalb durch eine Windstille die Ausfahrt der Flotte nach Troja verhindere, läßt sich Agamemnon dazu bewegen, die eigene Tochter am Altar der Artemis zu opfern. Im epikureischen Lehrgedicht des Lukrez steht dieses mythologische Beispiel vor einer harten Kritik des Aberglaubens und der Priesterschaft, die sich die fehlgeleiteten religiösen Vorstellungen der Menschen und ihre Ängste vor überirdischen Mächten zunutze zu machen wissen (Buch 1, 80–111). Wer dagegen in Epikurs Lehre eingeweiht ist, ist frei von Ängsten und Vorurteilen, frei durch seine eigene Vernunft.

IV.

Bezeichnenderweise fand der Epikureismus in Zeiten höchster politischer Unsicherheit die größte Beachtung, so in der Krise der untergehenden römischen Republik im 1.Jahrhundert v.Chr., in dem das epikureische Lehrgedicht des Lukrez entstand, oder im 1.Jahrhundert n.Chr. zur Zeit Neros: Senecas Briefe und philosophische Schriften, die in ihrer Ausrichtung stoisch sind, enthalten zahlreiche epikureische Gedanken.

In der christlichen Literatur der Spätantike und des Mittelalters stieß Epikurs Philosophie auf scharfe Ablehnung. Seine Lustlehre wurde im vulgärepikureischen Sinn als Aufruf zur Prasserei ausgelegt; seine Kritik der Priesterschaft und religiöser Praktiken und seine Seelenlehre waren mit christlichen Auffassungen unvereinbar. Wiederentdeckt wurde Epikurs Lehre in der Renaissance. Zu nennen sind z.B. Lorenzo Vallas Dialog *De voluptate* (*Über die Lust*, 1428–1431) oder Rabelais' Roman *Gargantua und Pantagruel* (1532–1564). Besondere Beachtung findet Epikur in Montaignes *Essais* (1580): für Montaigne sind die epikureische Auffassung von Philosophie als Anleitung für ein schmerz- und sorgenfreies Dasein und Epikurs Umgang mit der Todesfurcht der Menschen wichtige Ansatzpunkte. Einen großen Aufschwung nahm die Auseinandersetzung mit Epikur im 17. und 18. Jahrhundert: Naturwissenschaftliche Erkenntnis als Grundlage der Welterklärung, Religions- und vor allem Priesterkritik sowie die Anerkennung der affektiven Seiten der menschlichen Existenz kamen dem aufklärerischen Zeitgeist entgegen. In der deutschen Literatur wurde der Epikureismus durch Christoph Martin Wieland heimisch, der in seinem Roman *Agathon* (1766/7, 1773, 1794) und *Aristipp* (1800/1802) das Idealbild des kultivierten, nach epikureischen Lehren lebenden Menschen entwarf und in den Kommentaren zu seiner Horaz-Übersetzung theoretisch untermauerte. Die materialistischen, sensualistischen und religionskritischen Seiten der epikureischen Philosophie werden von zwei wichtigen Werken des 19.Jahrhunderts aufgegriffen: von Ludwig Feuerbach in seinem *Wesen des Christentums* (1841) und Karl Marx' in demselben Jahr erschienenen Dissertation *Die Differenz der demokritischen und epikureischen Naturphilosophie*. Sigmund Freuds Kulturtheorie, die er in *Das Unbehagen in der Kultur* (1930) entwickelt, kann ihre Wurzeln in einer hedonistisch ausgerichteten Anthropologie nicht leugnen, sieht Freud doch das ‹Lustprinzip› als die Kraft an, die dem Menschen seinen Lebenszweck vorgibt. Die epikureische Individualethik findet auch in der aktuellen philosophischen Debatte Beachtung: Michel Foucault in seiner *Histoire de la sexualité* (1976ff.) sieht in der Selbstsorge des Menschen eine wichtige Form der Individualethik. In welchem Maß in der Gegenwart die Vorstellung der philosophisch begründeten Psychotherapie und der Gedanke der individuellen Glücksfindung, als deren Urheber Epikur zu gelten hat, die Diskussion bestimmt, muß nicht eigens ausgeführt werden: Ein Blick in die Feuilletons oder in Verlagskataloge, in der die Rubrik «Lebenshilfe» immer umfangreicher wird, zeigt in aller Deutlichkeit, welche Aktualität Epikur und seine Philosophie gerade heute besitzen.

Bibliographischer Anhang

Ausgaben

Epicurea. Hrsg. von H. Usener, Leipzig 1887 (Nachdruck Stuttgart 1966).

Epicuri epistolae tres et ratae sententiae. Hrsg. von P. von der Mühll, Leipzig 1922 (Nachdruck Stuttgart 1966).

Epikur. Wege zum Glück. Griechisch-lateinisch-deutsch. Herausgegeben und übersetzt von R. Nickel, Düsseldorf/Zürich 2003.

Lukrez. Von der Natur. Übersetzt von Hermann Diels, München 1991.

Weiterführende Literatur

M. Erler, Epikur – Die Schule Epikurs – Lukrez, in: H. Flashar (Hrsg.), Die Philosophie der Antike, Bd. 4: Die hellenistische Philosophie, Basel 1994, 29–490.

M. Forschner, Epikur. Aufklärung und Gelassenheit, in: M. Erler/A. Graeser (Hrsg.), Philosophen des Altertums. Vom Hellenismus bis zur Spätantike, Darmstadt 2000, 16–38.

Chr. Horn, Antike Lebenskunst. Glück und Moral von Sokrates bis zu den Neuplatonikern, München 1998.

M. Hossenfelder, Die Philosophie der Antike, Bd. 3: Stoa, Epikureismus und Skepsis (Geschichte der Philosophie, hrsg. von W. Röd, Bd. 3), München 1985.

M. Hossenfelder, Epikur, München ³2006.

A. A. Long/D. N. Sedley, Die hellenistischen Philosophen. Texte und Kommentare, Stuttgart/Weimar 2000, 29−182.

J. M. Rist, Epicurus. An introduction, Cambridge 1972.

Zur Nachwirkung

M. Erler (Hrsg.), Epikureismus in der späten Republik und der Kaiserzeit, Stuttgart 2000.

D. Kimmich, Epikureismus, in: Der Neue Pauly. Enzyklopädie der Antike, Rezeptions- und Wissenschaftsgeschichte, Bd. 13, Stuttgart/Weimar 1999, 985−996.

Abkürzungen der Werke Epikurs

BH:	Brief an Herodotos
BM:	Brief an Menoikeus
BP:	Brief an Pythokles
GV:	Gnomologicum Vaticanum
KD:	Kyriai Doxai («Hauptsätze der Lehre»)
Usener:	Fragmente aus Epikurs Schriften nach der Ausgabe von H. Usener, Epicurea, Leipzig 1887 (Nachdruck Stuttgart 1966)

Die Übersetzungen aus Epikurs Schriften stammen vom Herausgeber, die aus Lukrez' Lehrgedicht von Hermann Diels (1924, nachgedruckt München 1991 [dtv]).

Ab März 2007 auch als Hörbuch

Die »Kleine Bibliothek der Weltweisheit«

Die ersten sechs CDs

Hildegard von Bingen: Über die Liebe
Gesprochen von Grischa Huber. ISBN 978-3-406-55866-5

Epiktet: Das Buch vom glücklichen Leben
Gesprochen von Stephan Benson. ISBN 978-3-406-55865-8

Konfuzius: Gespräche
Gesprochen von Stefan Kurt. ISBN 978-3-406-55867-2

Michel de Montaigne: Von der Freundschaft
Gesprochen von Burghart Klaußner. ISBN 978-3-406-55868-9

Arthur Schopenhauer: Über das Mitleid
Gesprochen von Christian Brückner. ISBN 978-3-406-55869-6

Seneca: Von der Kürze des Lebens
Gesprochen von Gerd Böckmann. ISBN 978-3-406-55870-2

C.H.BECK www.beck.de